JOE ARCO IRIS Y YO

María Díaz Strom

TRADUCIDO POR Esther Sarfatti

LEE & LOW BOOKS INC. • New York

Manufactured in China by South China Printing Co.

Book design by Christy Hale
Book production by The Kids at Our House

The text is set in Myriad Tilt
The illustrations are rendered in acrylic on bristol board

10 9 8 7 6 5 4 3 2 1
First Edition

Library of Congress Cataloging-in-Publication Data
Strom, Maria Diaz.
[Rainbow Joe and Me. Spanish]
Joe Arco iris y yo / Maria Diaz Strom ; traducido por Esther Sarfatti.
p.   cm.
ISBN 978-1-60060-278-8 (pbk.)
I. Sarfatti, Esther. II. Title.
PZ73.S75855 2007
[E]—dc22   2007040135

A mis alumnos de la Escuela para Ciegos y Discapacitados Visuales de Texas, quienes me inspiraron a escribir este libro.

Y a mi querido esposo, Jay Margolis, quien me enseñó a apreciar la música de Nueva Orleans. —M.D.S.

Me llamo Eloise y me encanta hacer colores. Mezclo el rojo con el blanco y pinto peces. Maravillosos peces rosados que nadan sobre el papel. Mezclo rojo con azul y pinto monos. Monos morados que se columpian en grandes árboles amarillos.

A Joe Arco Iris también le gustan los colores. En realidad se llama Joe, pero a mí me gusta llamarle Joe Arco Iris.

—Hijita, no molestes a Joe —dice mamá.

Pero cuando estoy en las escaleras de mi casa, Joe Arco Iris me dice:

—¡Hola, amiga! ¿Cómo andas?

Y no me queda más remedio que contestarle. Le hablo a Joe Arco Iris acerca de todas las cosas que pinto. Le cuento que hago peces rosados y monos morados. Él dice que mis monos son "fantásticos" y mis peces son "geniales".

Dice que tengo imaginación.

Joe Arco Iris me dice que puede hacer colores también. Pero sus ojos no pueden ver como los míos. Joe Arco Iris dice que él ve colores dentro de su cabeza. Yo le pregunto:

—¿Cómo vas a mezclar esos colores?

Joe Arco Iris tararea una canción y marca el ritmo con los pies.

—Eloise —dice—, yo tengo mi propia forma de mezclar los colores. Puedo hacer que canten. Algún día te enseñaré cómo lo hago.

Mamá me llama para que vaya a casa, y le cuento que Joe Arco Iris sabe hacer colores. Pero mamá me dice:

—Hijita, un ciego no puede mezclar colores. Saldrán todos grises como esta agua de fregar los platos.

Me pongo a pintar de nuevo. Pinto elefantes de color aceituna
y monstruos granates. Veo a Joe Arco Iris y le cuento cómo
mezclo negro con amarillo para hacer verde aceituna y
morado con rojo para hacer granate.

—Yo también estaba mezclando algo —me
dice él—. Una cosa para ti, Eloise.

—Enséñamela.

—Ya la verás —me dice.

Luego reclina la cabeza y dice:
—Veo amarillo, Eloise. El amarillo es como mantequilla que se te derrite en la boca.

Y rojo. El rojo es tan picante que solo
de pensar en él comienzas a sudar.

Y verde. Dulce v-e-r-d-e. Es un color tan suave que te dan ganas de tumbarte en él y echar una siesta.

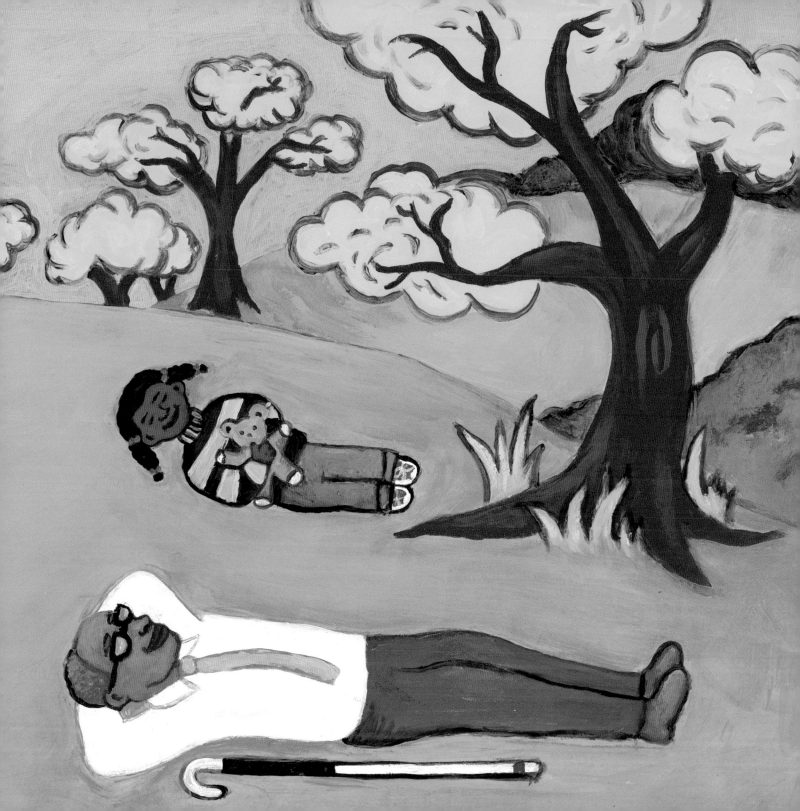

Joe Arco Iris dice que el azul es el color que más le gusta.
Cuando habla del azul, comprendo que lo ve de verdad.
—El azul de los *blues* —marca el ritmo con los pies y mueve
la cabeza—. Hay mucho azul en este mundo —me dice.

Algunos días voy a ver a Joe Arco Iris y me llevo las pinturas
y el papel. Joe Arco Iris me cuenta cosas de los viejos tiempos.
Yo pinto las cosas que me cuenta.

Yo le pregunto:

—¿Me vas a enseñar cómo mezclas los colores?

—Algún día te enseñaré, Eloise —me contesta.

Me hace mucha ilusión.

Mamá me llama y vuelvo a casa.

No dejo de preguntarme cómo mezclará los colores
Joe Arco Iris. ¿Usará un pincel como yo? Cierro los ojos
y agarro el pincel. Mi pincel toca el color. ¿Pero cuál?
No puedo verlo. Mi pincel vuelve a tocar la pintura.
No sé dónde va, pero yo comienzo a mezclar los
colores. En mi mente veo serpientes anaranjadas
que se deslizan por la hierba verde. Mezclo y
pinto y después abro los ojos.

Veo gris. Una gran mancha gris. Pienso por un momento que tal vez mamá tenía razón. Quizá Joe Arco Iris no sabe mezclar los colores. Pero luego me acuerdo de la mantequilla derretida y el rojo picante y estoy convencida de que algún día me pintará un hermoso y fantástico cuadro.

Un domingo por la mañana, al salir de casa con mamá
para ir a misa, allí está él. Está sentado en las escaleras,
tarareando una canción y marcando el ritmo con los pies,
como siempre. A su lado hay una gran bolsa marrón.

—¿Qué hay dentro de la bolsa, Joe Arco Iris? —le
pregunto.

—Estuve preparando tu sorpresa, Eloise —me dice—.
Hoy voy a enseñarte mis colores.

Mamá me toma de la mano.

—Tenemos que irnos, Joe. Lo veremos después de la
misa —ella le dice.

Me pregunto qué habrá en la bolsa. Durante la misa,
no puedo dejar de moverme. Mamá me dice que me esté
quieta, pero yo no puedo.

Por fin se acaba la misa. A la salida le damos la mano
al reverendo, pero solo puedo pensar en la sorpresa que
me espera.

Nada más llegar a nuestra calle, le suelto la mano a mamá y voy corriendo hacia Joe Arco Iris. Él abre la bolsa y saca un viejo saxofón.

—Esto es para ti, Eloise —me dice.

Empieza a soplar. Los colores vuelan. Hay notas fuertes y rojas y otras pequeñas y amarillas. Joe Arco Iris las mezcla para hacer un anaranjado brillante. Toca profundas notas azules y las aguanta mucho tiempo en el aire. Después verde. Un verde largo y perezoso. Luego violeta. Un violeta lindo que se vuelve a transformar en azul.

Mamá y yo escuchamos los colores.
Marcamos el ritmo con los pies y damos
palmadas. Joe Arco Iris mezcla un arco
iris grande y precioso. Y nosotras
vemos cada uno de los colores.
¡Los vemos todos!